要你給 Like 的故事

阿濃 著

山邊出版社有限公司

Like 時代

讀老朋友何紫的小說，有明顯的時代印記。最明顯的反映在物價上，原來那年代的東西這麼便宜。

不過我發現越是跟貼時代的內容也越容易脫離時代。譬如以前的手提電話叫「大哥大」，體積像個水壺；如今薄薄的一片。以前跟朋友約錯相會地點，就可能造成終生遺憾。如今人手一機，隨時知道對方所處何地。

有些事情卻是歷久常新，百年前看跟百年後看一樣新鮮。那是真實的人生，包括親情、愛情、家國情，喜怒哀樂的感受，生老病死的歷程。

可是現代人寫現代事總不能脫離現實，我年紀雖大也要認識青少年讀者的世界。於是我的故事中有Facebook（雖然它也漸漸被年青人嫌棄），有 WhatsApp，有無處不在的手機，有時髦的破褲子，有越來越多的自閉症，有花費時間博取認同的 Like 讚美。

我不忘同時介紹傳統文化，寫中國文字的趣味，寫代代相傳的美食，寫良好品德的美麗，寫家人子女間的愛惜。同樣值得你給一個 Like。

這是一個渴求 Like 來增加信心的時代，而盡量做好自己是唯一途徑。我寫這本書十分努力，有信心獲得許多讀者的 Like，於是定書名為《要你給 Like 的故事》。

阿濃

2018 年 2 月

目錄

貓語

　　矇矓間聽到有人叫我：「何志中，我有話對你說。」

　　我很渴睡，躺在沙發上，勉強睜開眼，室內暗沉沉的，是冬日早到的黃昏。不見有人，只見老貓波波蹲在沙發旁的地氈上，眼睛發亮。

　　我以為是幻覺，閉上眼睛再睡。

　　「何志中，我是波波，有話對你說。」

　　「想說就說唄！」不知為什麼，我不覺奇怪。

　　「我會說話，你不覺得奇怪？」牠問。

　　「世事無奇不有，說不定我在做夢。」我說。

　　「其實我早學會講你們的話了，只是怕你們大驚小怪，才忍住不說。」

　　「那麼今天為什麼要對我說？」

　　「因為有一件重要的事情要告訴你。」

　　「你說！」

　　「你家隔鄰的婆婆死了。」

　　「什麼？」我的確有好幾天沒見過她了，垃圾桶也沒有拿出門前倒，以為她到鄰省去看孫兒女了。

「她跌倒在地下室，沒有人知道。」

「你怎麼知道？」

「是流浪貓莎莎告訴我的，她常到她家討食。」

「你別不信，我說一樣事證明……」

「唔？」

「你玩不見了媽媽一隻耳環。」

「唔。」確有其事，我到處找也找不到。

「它掉在你睡的這張沙發椅底。」

這時燈忽的亮了。

「在外面睡着了很容易着涼。」是媽媽的聲音。

媽媽一走開我就在沙發椅底找着那耳環。

忍了一個晚上我把擔心告訴了母親，此地經常有獨居老人死在家中無人知曉的新聞。媽走過去敲門之後報了警。警車和救傷車都嗚嗚的來了，連臉都蓋着的一個瘦小軀體被推了出來。當警察在向母親問話時，我低聲對波波說：「謝謝你！」

「咪嗚！咪嗚！」我看到牠對我單了單眼。

遺憾

躺在沙發上看書，冬日黃昏來得早，字體漸漸模糊。書從手中掉下。

「何志中，我有話對你說。」我認得是老貓波波的聲音。

「請説。」我看到他發亮的眼睛

「莎莎生了三隻小貓。」

「莎莎是誰？噢，我記得了，那隻流浪貓。她把小貓生在什麼地方？」我這樣問是因為流浪貓沒有家。

「就在你家隔壁，後園放雜物的小屋裏。」

我知道自從隔壁的婆婆死了，房子暫時沒人住。

「有問題嗎？」我問。

「莎莎去年生過三隻小貓，都給浣熊吃了。所以莎莎很擔心。」

「那怎麼辦？」

「你去通知愛護動物協會，把小貓帶走。」

「莎莎捨得嗎？」

「沒有其他辦法，除非你肯收容。」

　　我知道爸媽一定不肯再添麻煩，只得說：「好，我明天就打電話叫他們派人來。」

　　「謝謝你！唉，莎莎這隻蠢貓，愛上了浪子黑黑，懷孕了一次又一次。其實黑黑的女友不止她一個。」

　　「感情的事很難說，你們貓族的想法我們更難明白。」

　　「我知道他們在一起時莎莎很快樂，她至少比我幸福。」

　　「你住得好，吃得好，我們都愛你，你哪一點不如莎莎了？」

　　「我一歲的時候你們就幫我做了一個手術，從此你們剝奪了我愛的權利。難道這不是一件極端殘忍的事？你們說愛我，但你們這樣做純粹是出於你們的需要，因為你們怕我們結交朋友，生小孩，帶來許多麻煩。可知道我是多麼羨慕莎莎，她才擁有完整的生命，那是溫暖的房屋和美味的貓糧不能代替的。」

　　我想想也是，想抱起波波安慰他，他卻一溜煙的跑了。

化身

家人都去乘郵輪旅行了，我因為要參加一個公開試，獨守家中，只有老貓波波陪我。

考試完畢，他們還沒有回來，日子過得沉悶。家中無人，我跟波波無須避忌，常以人話交談。

「波波，我做人做得悶了，如果我是一隻野貓，可能有趣得多。」

「何志中，你想做貓，讓我幫你想想辦法。」

第二天，波波拿着一件皮毛大衣對我說：「莎莎認識一位貓界魔術師，問他借了一件衣服，穿上便可變貓，不過有效期只有四個小時。」

我看看鐘說由現在起到午夜 12 時，我就是一隻貓了，而且是一隻自由的流浪貓。

我發現自己跟其他兩隻流浪貓來到一家的露台，向屋內發出討食的叫聲。叫了一會兒，一個婆婆拉開露台的玻璃門。啊，她不是我外婆嗎？有半年沒探望她了，怎麼腰更加彎了！她拿出半碟子的貓糧，我們爭着吃，因為我實在餓了。這時我聽到外婆氣喘的聲音。我想：我一定要媽

媽帶我一同來探望她了。

　　我們吃飽了，你追我逐的上了一棵樹。月光下我看到一個鳥巢，巢裏有幾隻還沒長毛的幼鳥。我的唾沫湧出口腔，張口就想咬。忽然風聲拂拂，兩個黑影急撲向我。是兩隻黑色的大鳥，為保護他們的幼兒，向我展開攻擊。但見我的兩個同伴慌忙逃走，走得無影無蹤，我連滾帶爬從半空掉到地上，飛也似的躲到荊棘叢中，身上刮破了幾處。

　　驚魂初定，我想回家了，但不知家在何方。我爬上屋頂，見滿天星光，十分美麗。家家燈火，放射着溫暖。正找尋間，一隻大黃貓和一隻美麗的花貓同時出現，我認得花貓就是莎莎。我對莎莎說：「你好嗎？」出於貓的本性，我伸長脖子，跟她互相嗅嗅。

　　忽然聽到嗚哇一聲，我的背上感到劇痛。這大黃貓把我當成情敵，吃醋了！月光下他豎起全身的毛，露出白磣磣的尖牙，伸出利爪又想抓過來，自問不是他的對手，我轉身就逃。逃到屋簷邊，腳一滑竟向下掉去。驚呼聲中我發現已回到我自己房間。

　　我脱下那件皮毛大衣還給波波。波波問：「做野貓感覺怎樣？」

　　我看着波波臃腫的身軀，想到他日日如是的無聊日子，我説：「做貓就要做野貓，有趣！」

探望

自從我知道外婆身體不大好之後，就想找個時間去探望她。這天是學校假期，媽媽沒空，我決定自己去。打電話告訴了外婆，她的耳朵不大好，但終於明白了一切，聽她的聲音知道她很開心，一次又一次問我喜歡吃什麼。

媽媽叫我帶了半底蘿蔔糕，半打茶葉蛋，都是外婆愛吃的。那製法還是外婆教的。

到了外婆家，她的樣子跟我化身為貓那次差不多，背彎了，有點氣喘。她說我高大了許多，聲音也像個男人了，電話裏差點認不出。

外婆準備了春卷給我吃，是她自家包的。芽菜、韭黃、肉絲做餡，用油煎時已經香得我嘸唾沫。配上粟米粥，吃得我肚皮圓圓的。

飯後外婆關心我媽媽的情況，問她睡得好不好？胃口怎樣？我要外婆講媽媽童年的往事給我聽，她叫我從牀底下搬出一個小木箱，放在牀上。

她小心的把木箱打開，裏面放着不少東西。她一樣樣拿出來。「這是阿女（她叫我媽做阿女）幼稚園校服裙，

那時她四歲……這是她一年級的學生手冊，瞧她的照片，眼睛圓碌碌……這是她二年級和三年級的成績表，都是考第一……這是她的孭帶，我孭着她洗衣服、做飯、上街買菜，從一個月大孭到歲半。」

這孭帶我有印象，上面繡着「長命百歲」四個字，還有不知名的花花朵朵。我小時候外婆把它掛在門框上，讓我坐在裏面盪鞦韆。

「你也有一箱東西，你自己打開來看。」外婆指指牀下。

我把另一隻木箱搬上牀，箱子一開，同樣有一股樟腦味。我把裏面的東西一樣樣拿來看。我看到一個奶瓶，一對小鞋子，幾個玩具小汽車，一張圖畫……外婆說這是我畫的外婆，頭大身子小。還有外婆幫我織的冷襪、冷帽，外婆親手做的小棉襖，拜年時穿的。

後來我看到一個紅色利是封，打開一看，卻是用絲線綑着的一小撮頭髮，十分的柔軟。我拿在手裏細細撫摸，「這是……？」

「這是你的胎髮。你一周歲時第一次理髮，我留下了一撮。」

「什麼是胎髮？」

「就是在媽媽的肚皮裏已經長出來的頭髮。」

「又細又軟噢！」

「生長在我女兒肚皮裏的外孫的頭髮，血脈相連呀！」

我心中出現一股暖流，覺得眼前的外婆特別親近。我小心地把頭髮放進利是封。

兩個箱子收好後，外婆叫我把兩盆憔悴的散尾葵搬出露台，她搬不動了，想讓它們在外面曬曬太陽吹吹風。

我把散尾葵搬好，關上玻璃「趟門」。這時出現了兩隻流浪貓在外面討食。我問外婆貓糧放在哪裏？抓了一大把給牠們。

隱形

　　何志中正鬱悶時，老貓波波對他説：「瞧，我從貓界魔術師那裏借了一樣好玩的東西給你。」

　　何志中見是一件像斗篷似的東西。

　　波波説：「這是一件隱形衣，一穿上別人就看不見你。」

　　波波説時把斗篷一披，果然就不見了他。

　　轉眼波波又再出現，他説：「魔術界也定下公約，使用這件隱形衣，要遵守三個條件。一、只准做正當的事。二、遇到不該看的事要閉上眼睛。三、只許使用一小時，時間過了就失效。」

　　何志中看過一本《隱形人》的小説，對隱形這件事很嚮往，立即答應説：「三個條件我全部遵守！」

　　波波讓何志中看斗篷上一個計時器，他説：「你披上之後一按掣，計時便開始，時間一到你便會現形。」

　　「我隱形之後想做什麼呢？」其實他心裏立即有打算。就是到郭翠芬家看看她。

　　郭翠芬是他同班同學，她是新生，他們相識才半年。

但他發現他們有不少相同的愛好：唱歌、畫畫、看書⋯⋯
而且他覺得她長得很好看。她說她是家中獨女，父親是畫
家，母親是鋼琴老師，養了一隻可愛的小狗，會做許多趣
怪的動作。他多麼想到她家看看呀，可是不好意思提出，
也有點害怕她的爸媽。不知為什麼，怕他們不知怎樣想。

他打探到她家住的是一間獨立小屋，她的房間外面是
露台，有大大的窗戶看到外面花園景致。他還知道她每天
晚飯後開始做功課，晚上 8 時至 10 時是她自修時間。

他晚上 8 時穿上斗篷來到她窗前，果然看到她正在做
功課。看來數學科是她的弱項，她的眉頭深深皺。忽然一
隻小狗向窗前撲來，隔着玻璃也聽到他的吠聲。可能這隱
形衣只能瞞人不能瞞狗。後來她嫌小狗叫得吵耳，把牠關
在了門外。

　　她做完算題之後寫日記，字太小看不清楚。而且他覺得不應該偷看她的日記。

　　之後他看到她歎了一口氣，又皺着眉頭笑了笑，看來有心事。她找出一枝鉛筆開始繪畫，畫紙上一個人形漸漸清晰。他看到一個男孩的面龐，認不出是誰。

　　最後她把畫好的人像拿在手上，又遠又近的看了又看。忽然她好像記起什麼，在那男孩頭像的嘴唇上添了一顆痣。

　　他摸摸自己的唇，那顆痣清清楚楚的在。

曇花

　　他家這曇花已種十多年了。除了起初兩年外，每年都會開一次花。花不多，一至兩朵。每開，清香滿室，超塵出俗。

　　花開之前先見花蕊，翹翹然，漸次膨大。到花瓣由緊貼至鬆開，可預測將於當晚開放。

　　他在曇花開放的晚上，即使有約會也會知會對方改期。事前擺放好腳架，裝上相機，把曇花開放過程一一拍攝下來。

　　他還會斟一杯清酒，坐下細細欣賞。讚歎肉眼怎麼也看不出開放過程，而大約四個小時便完成整個由初綻到漸放到盛開到漸萎到軟垂的「一現」。一年才那麼一次，一次才幾個小時，怎可不守着、盯着、賞着？他還會跟曇花聊天，盛讚她的美麗，他對她的傾心。

　　他把拍攝的照片放大了掛在壁間，常微笑觀看。

　　他去香港有點事要辦，在機場接到兒子的電話，說曇花好像當晚會開。他算算時間，航機抵達機場到出海關到

乘搭計程車到家，最快也要晚間十一時，盛開的時間已過，看到的恐怕是一副垂頭喪氣的樣子了。

他急急的說：「兒子，你把電話拿去曇花那邊，我有話對她說。」

「曇花，曇花，我正趕回家，你可不可以遲開兩小時，等我回來？」兒子聽到父親在電話裏這樣說。

「傻老竇！恐怕曇花也不由自主。」

他準十一時回到家，行李一放就衝上樓。

「老竇，真奇怪，曇花往年九點開，今晚到現在還沒開。」

「親愛的，我回來了！想不到你真的等我。」他對曇
花說。

　　但見那曇花像鳥兒張開翅膀，忽的全開了，放出滿室
清香。

故事

父親跟幾個朋友在露台飲酒，我坐一旁看書。

從露台可以望見一棵大樹，在這個季節樹葉已經落盡，剩下光禿禿的枝幹。枝幹的中間可以看到三個很大的鳥巢。

父親說：「這棵樹未落葉時，把整個城市美麗的夜景遮掉一大半。本來想趁冬天沒有葉子的時候，找人來把它盡量 trim 細，後來發現了鳥巢，不想毀牠們家園，就作罷了。」

喝酒的朋友中有一位留小鬍子姓陸的先生說，我想說一個故事你們聽，是我親身經歷。下面是他說的故事：

我中學各科的成績相當好，但除了體育一科。考籃球我不會走籃，考跳高我每次都碰跌橫竿，考掌上壓我做不到五下。從中一到中三，體育老師都馬馬虎虎給我 60 分，算是及格。到我升上中四，體育老師絕頂的認真，上學期我做單槓，引體向上只做到四下，最少要做六下才及格，

我的成績表第一次出紅字。

下學期學校有一條苛刻的規定，要所有科目及格才能升級，不及格的科目可以補考，但只限一次。我十分十分擔心我的體育科成績，怕它累我要做留級生！

學期末的體育科考的是擲鐵餅，看一看我瘦如「香雞」的手臂，便知凶多吉少。

考試那天同學們一個個輪着去考，每人擲三次，取最遠那次的成績。

我第一次擲出去在及格線外，第二次成績更差，第三次我閉着眼拚命擲去，在同學們驚呼聲中，我擲出去的鐵餅落點比誰都遠。我不但及格，還取得全班最好的成績。我能夠把鐵餅擲得這麼遠，連我自己也不相信。不過對此有兩種說法。

張朗說他看到一隻鳥兒，在半空把那鐵餅猛撞了一下。

李棟國說他看到一隻鳥兒抓住那鐵餅飛了一程。

雖然說法不一，他們都說看到一隻鳥兒，而且都是長腳的那一種。

這使我想起不久之前，我家後園的草地上有一隻腳部受傷的鳥在掙扎，我幫牠搽了跌打藥，包紮好放了牠。記得這鳥就有一對長腳。

陸先生的故事講完，我知道他想説鳥兒也會報恩。可是我有疑問：

「鳥兒怎知道你需要牠的幫助？又怎知道考試在哪裏舉行？」

「這就是宇宙間的奧秘了。我們不能用常理來考究。」

陸先生走後我問父親：「陸先生是做什麼工作的？」

「他是作家。」父親説。

黃金李

他手植的這棵黃金李一到四月就開白色的花,「桃紅李白」沒說錯。叫它黃金李是因為果熟的時候呈金黃色。生的時候它微酸,所以鳥兒不吃。一熟透它就變成一泡水,很容易破穿,所以蔬果店不賣。隔年大造,成果數千,自己吃不完,遍贈街坊鄰里。因此這棵樹倒也引起鄰家的關注。

黃金李的枝幹上出現了一種樹瘤,像一塊塊的焦炭。樹瘤越來越多,黃金李顯得憔悴。曾請教過樹木專家,說要施大量農藥也不一定有效,建議鋸掉重種。

他嫌那些樹瘤礙眼,請來園務公司把樹鋸掉。鋸的時候正當花期,朵朵白花掉了一地。粗的樹幹切成一碌碌放置路旁任有用的人家取去,細枝連葉送進碎樹機解體,變成大堆樹屑。

由於經營的生意無大發展,不久他把房子賣給一位遠親,回流香港重操舊業。想不到辛勤了十多年,一場金融風暴,他幾乎把僅可容膝的房子輸掉,他最後決定二次回流。

　　找到一個舊夥計合股，以平價號召替人家剪草。在驕陽和噪音下工作，賺取生活所需。

　　這天他接到一個 order，去到那裏才記起這原來是自己舊居。房子無大變動，奇怪的是在原來生長黃金李樹的地方，一棵果實纍纍的李樹亭亭如蓋。

　　他不知道房子有沒有再換主人，工作時屋主出來招呼，竟是老了不少的遠親。剪草後遠親邀他進屋喝茶，招待他的還有一碟顆粒飽滿的黃金李。

　　「你回港後在黃金李鋸剩的樹根處長出幾枝新苗，我把它們留了下來，五年後它開始開花結果，隨後它長得很快，跟我看房子的時候差不多高大了。」

　　「這棵樹的生命力真強，在絕境處也沒有放棄生存的奮鬥。我們人類要向它好好學習。」遠親挑了一顆最大的李子給他。

　　他脆脆的咬了一口，滿嘴清甜的汁液幾乎嗆了他。他知道遠親這話是特別說給他聽的。

黑熊

一到黑熊出現季節，電燈桿上便會出現警告牌，説附近出現過黑熊，要大家小心。如今這樣的警告牌已經在附近幾條街道上出現。

黑熊之所以出現，一因為地產蓬勃，新房子越來越向山林侵佔，那本是野生動物的領地。二因為野生果子減少，黑熊要打民居垃圾桶的主意。

這個社區的綠色環境做得不差，所謂「綠帶」圍繞着一排排的房子，「綠帶」有連綿的大樹，還有潺潺的小溪。

這天有一隻黑熊媽媽帶着五個月大的黑熊 BB 出來在「綠帶」遊逛，小熊興奮異常總是走在前頭。牠們跑呀追呀來到一個人家後園，以溪為界並沒有柵欄。後園的草地上有鞦韆和滑梯，屋裏靜悄無人，熊媽媽的嗅覺告訴牠這是一處安全的地方。

　　熊寶寶二話不說就玩起了滑梯，滑了一趟又一趟。跟着就笨拙地盪起鞦韆來。

　　就在這時牠們聽到汽車煞車的聲音，兩隻鬥牛狽轉眼衝進了後園。牠們發出兇惡的咆哮，露出尖利的牙齒，目標是從鞦韆跌下的小熊。熊媽媽立刻衝前保護，兩隻惡狗後退了，但吠個不停。

　　一個男人出現了，手上拿着一枝獵槍，正向熊媽媽瞄準。熊媽媽沒有時間考慮，衝過去對着那人的手便咬。獵槍掉下，地上有血。熊媽媽帶着小熊逃進了樹林。幾部警車嗚嗚的來了，跟警察一起的還有警犬。警察被警犬帶進了樹林，不久人們聽到幾響槍聲。

　　新一期的區報有一小段新聞：標題是：「大黑熊噬人被擊斃，小熊逃去無蹤。」

失貓

　　Peter 回家的時候臉色不大好。他知道女兒正在樓上的房間裏睡覺，就把藏在口袋裏的一張紙拿出來。他的妻子 Mary 看到紙上是一隻貓的照片，還有兩個大字：LOST CAT。不用細看也知道這是一張尋貓啟事。而這隻貓正在樓上陪着 Nancy，他們生病的女兒。

　　女兒病了將近半年了，曾經在兒童醫院住過，做過數不清多少次的檢查，找出了病因，不幸的是至今還沒有能治的藥。醫生建議回家養病，跟家人度過三數月頂多一年的時光。

　　Nancy 是一個極度敏感的女孩，從醫生的眼神和爸媽擔憂的神情，已經估計到自己病情的嚴重。她曾流着淚對母親說：「媽，我愛你！我不會離開你！」

　　養病的日子她感到寂寞，爸從圖書館借了一些書給她看，她也感到吃力。媽媽看到她一個人的時候常常流淚，直到 Katie 來了。

　　Katie 是一隻自來貓，從後園走進他們家的露台。他們家以前養過貓，Mary 拿以前剩下的貓零食餵牠，牠吃得很

香，就不走了。Katie 是 Nancy 給牠取的名字，他們很快就成為好友。Katie 喜歡跳上牀睡在 Nancy 旁邊，Nancy 幫牠搔癢，跟牠談心。Katie 不時細細回應一聲，Nancy 就開心地讚牠一聲 good girl。爸媽都知道，自從 Katie 來了之後，Nancy 的心情真的好了很多。

「可是人家在尋貓了，我們該怎樣辦呢？」爸説。

「還能怎樣辦？」媽説，「最擔心 Nancy 會很捨不得。」

「我們答應她另外收養一隻吧。」爸説。

Nancy 知道這消息後出奇的平靜，她説：「頑皮的 Katie 也該回家了，家人不見了牠不知多焦急了。」

通過電話之後，貓的主人依約定時間來接貓回家了。來的是母女二人，那母親自我介紹叫 Elaine，女兒跟 Nancy 差不多大叫 Charlotte。她們帶了一盒自製的曲奇來。Nancy 抱着 Katie 坐在沙發上，她在 Katie 的頸上綁了一個蝴蝶結。Katie 一見 Charlotte 就跳下地繞她的腳，

Charlotte 抱起牠親牠。

　　Elaine 發現 Nancy 明顯的病容，關心的問：「妹妹身體不舒服？」

　　「病幾個月了，這些時有貓貓陪她，開心多了。」Mary 說。

　　「我想再抱抱 Katie。」Nancy 伸出手臂，駭人的瘦。Charlotte 把 Katie 遞給她。

　　「Katie, I love you! I'll miss you!」Katie 舔她的手，Nancy 流出兩行眼淚。

　　眼淚湧進 Charlotte 眼眶，她對媽說：「媽，讓 Carrot 留下來陪 Nancy 吧，等 Nancy 病好了，我們才接牠回家。」

阿懵

這個冬日黃昏我正在打盹，不是所有的龜類都需要冬眠的，我就是其中之一。

忽然聽到有人進入園子的聲音，是從倒塌了的後牆進來的，要撥開橫生的野草和灌木才能進來。對我們來說，人類是最危險的生物，他們會把我們泡製成各種醫療和補身的東西，因此我鑽進一堆落葉中，動也不動。

想不到他竟一腳踩在我身上，跟着用手掃開落葉看到了我。

「阿懵！」他叫出我的名字。記起來了！是這屋子的小主人阿峰。他長得高大壯實，只有聲音沒變。我記得他走那時還是個十二三歲的小男孩，那天他拿了整罐的龜糧來，倒進一隻碟子，放在涼亭裏。「阿懵，我們要到很遠的地方去了，你要好好保護自己，我會回來看你。」

數不清楚多少年了，他們沒有回來過。園子的變化很大，圍牆倒了兩幅，一地碎磚，牆邊野草比人還高。進來搗蛋的只有野狗，牠們嗅我、撥我、啃我，我把頭和手腳縮進殼裏，牠們便無可奈何。

　　最快樂的日子在每年的夏天，園子裏有露天音樂會，數不清的蟲兒一齊演奏，螢火蟲打着燈隨樂聲飛舞。

　　其他的日子是寂寞的，只有兩隻老蛙跟我聊天。一條冷漠的銀腳帶蛇偶然游過。

　　阿峰幫我拍了幾張照片，又捧起我翻翻覆覆的看，他說：「阿憨，這園子要賣，遲些我幫你申請，帶你去跟我們一起。」

　　他走了，留下不安的我。我要跟他去一處陌生的地方，還是躲到隔兩家另一個廢園裏，過我習慣的生活？

茶壺

黃老先生收到世侄 Peter 電話，說他即將回流香港，有一批東西不想帶走，看世伯有沒有興趣，包括一批舊書。Peter 的父親曾伯是黃老先生好友，在曾伯生前兩人經常談詩論文，他藏書不少，值得一看。

結果黃老先生帶回了一套《全唐詩》和一個茶壺。

當他見到這個茶壺時心中一跳，因為他家曾經有過一個相同的，可惜後來不小心打破了。

茶壺本來配四隻茶杯，Peter 那裏不見有。黃老先生家倒是有四隻，剛好配成一套。

這天黃老先生用這個茶壺沖了一壺普洱，叫小孫穎穎陪他飲茶。穎穎對普洱不感興趣，他飲橙汁吃杏仁餅。

「這個茶壺是你曾祖父訂造的。」

「什麼是曾祖父？」穎穎問。

「曾祖父是你爺爺的爸爸，你爸爸的爺爺。」

「爺爺的爸爸，爸爸的爺爺，是同一個人？」

「當然是同一個人。那年你曾祖父一百歲，舉行了一個千歲宴。主家席十個人，最年青的九十七，最年長的

一百零五。難得呀難得！」爺爺喝了一口茶。

「你曾祖父在江西景德鎮訂造了十套茶壺，每個老人家送一套。用錦盒裝着。」

「茶壺上有他題的字，穎穎，看你會不會讀？」

「可、以、清、心、也。」穎穎一點不覺難。

「好！懂得它的意思嗎？」

「唔……」穎穎抓抓頭。

「喝茶可以使心情愉快，清心，沒有煩擾的意思。穎穎，你可知道這五個字的巧妙？」祖父把茶壺轉動着。

穎穎搖頭。

「這五個字從哪一個開始讀都可以，哪，我轉，你讀。」結果穎穎讀出了下面五句：

可以清心也。

以清心也可。

清心也可以。

心也可以清。

也可以清心。

「這就是漢字的奇妙呀！」爺爺說，「真擔心你們這一代忘記了博大精深的中國文化。」

穎穎說：「我把這句話改一個字，把『清』改成『放』，要你讀出來。」爺爺居然聽穎穎的話讀了：

可以放心也。

以放心也可。

放心也可以。

心也可以放。

也可以放心。

「爺爺，你放心，我一定學好中文！」

「你這麼聰明，爺爺放心了！」爺爺為自己滿斟一杯。

平反

張大秋是個不知名的作家，出版過三本小說，都是自費的，如今全堆在牀底下。

他有個兒子 11 歲，讀小六，愛看書，作文常拿高分。張大秋認為是自己的遺傳。

但自從兒子升上小六，換了中文老師，作文的分數就明顯下降。

這天他翻開兒子的作文本子看，一篇題目是《偶然》的文章，使他大大的驚歎：寫得真好呀！有故事，有哲理，有寓意，有幽默感。但看看分數，才得 60！

「怎麼搞的！這老師的腦子有問題！」他嚷了出來。

連他太太都想不到他會為這件事去見這位中文老師。

見完之後他更氣，老師說文章沒有一定好壞標準，說他對兒子難免偏心。

一封領獎信使這個做爸的欣喜若狂，他把《偶然》拿去參賽，竟然拿到初級組冠軍。兒子拿着一個大獎杯的照片

登在報紙上。

　　學期末張大秋又收到學校寄來的頒獎禮觀禮通知，說他兒子獲獎，歡迎家長到場。

　　頒獎禮十分隆重，租了一間影院舉行。校長介紹各個獎項的意義，頒到作文獎時，讀出張小秋的名字，還有這樣一番話：「這是在一次公開比賽中，一位知名作家評選出來的金獎，學校感到光榮。」

　　張小秋拿到另一隻獎杯，比他先前那個更大。

頒獎禮

明德小學舉行頒獎禮,禮堂坐滿人。前排是家長,後排是同學和老師,台上是校董、校長和頒獎嘉賓。

李旭華的爸媽都來了,他們收到學校通知,說旭華作文比賽獲獎,請他們來觀禮。

旭華爸收到通知後很開心,對旭華媽說:「經過我的修改,不拿獎怎麼可能!」旭華爸喜歡寫作,報上常看到他的文章。他知道兒子參加作文比賽,就要他先給自己看看。看完就順手改了幾處。改過一次還不夠,又改第二次,第三次。旭華抗議說:「爸,幾乎有一半是你改的了!」

「哪裏有?不都是你的意思嗎?我讓它讀起來順暢一點而已。」旭華爸說。

今天頒的獎很多,有學業獎、操行獎、進步獎、美術獎、書法獎……最後是作文比賽獎。頒獎嘉賓是本地著名作家,也是本次作文比賽的主任評判。他頒作文比賽獎時說:「我們欣賞的文章,要真正站在同學的角度看問題。有些文章中出現一些極深僻的字,就知道可能是家長插手了。我們會扣分。」

聽到這裏旭華爸的額上出汗了。旭華媽橫他一眼説：「你不改可能更高分！」

跟着是讀得獎人的名字上台領獎，李旭華拿了初級組冠軍。旭華爸來得及幫他拍了領獎照。旭華還要在台上讀出自己得獎的文章：「……我的爸爸是緊張大師，他對我的成績緊張到極點……」

散會後旭華爸對旭華説：「你沒有把我改過的作文交出去？」

「當然！老師説一定要百分之一百是自己的作品嘛。」

一封信的故事

一張桌子十個人，五對夫婦。除我自己這一對外，其他三對都跟我談及一些往事，只有最年輕的一對還沒有向我提問。說他年輕也是「入伍」之年了。

如今對年齡有幽默說法，剛到五十是「入伍」，剛到六十是「登陸」。

在上炒飯麵時，那位伍哥開聲了：

「朱老師，你沒有教過我，但我也算是你的學生。」

「這話怎解？」我問。

「我在某記讀過一年中一，後來轉校了。」

他就讀的日子這麼短，我又沒上過他的課，難怪對他無印象。他繼續說：

「那時你做訓導主任，可記得一單情信事件？」

「忘記了。」

「講出來好瘀，」他望了望身邊的太太，「我太太也沒聽我說過……」他太太「嗔」了他一眼。

「我喜歡上了同班一位女同學，寫了一封信給她。信上說『我愛你！』信給其他同學看到，大家傳來看。女同

學羞得大哭。班主任把我和那封信交給你處理。我父親對我極嚴，我生怕你通知我爸，正害怕時，你問我：『你喜歡她什麼？』我說不知道，就是喜歡她。你說：『喜歡一個人沒有錯，但你把她弄哭了，看來你也後悔，找個機會向她道歉吧！』你沒有罰我，更沒有告訴我爸。後來我家搬遷，我就轉校了。朱老師，多謝你！」

　　我慶幸當年同情一位情竇初開的少年，否則今天不知怎麼面對他。

外祖母的生日禮物

外祖母今年 85 歲，獨自居住，在自己的房子裏。

她有兩個孝順女兒，都邀請她去跟她們同住，但她一口拒絕了。

她曾跟一同飲早茶的好友說：「跟兒女同住無所謂，女婿始終是外人。」

何況她一切可自理，早上自己步行去對街飲早茶，午、晚飯自己下廚，做一餐吃兩頓。街口燒臘舖的肥叉燒她最愛，蒸條魚，再焓一碟青菜，她已覺得很好。她又喜歡嗒一杯，一枝紅酒可以飲一個星期。

洗衣用的是乾衣洗衣兩用機，洗好不用晾，稍為熨平一下便可穿。

洗澡用的是 shower，兩個女兒幫她裝了多重防滑設施。而且她們住得離老家都不遠，10 分鐘的車程很快到。

不過前幾個月老人家出了點意外，晨運時階梯上差錯腳，摔斷了左腿一條脛骨，雖然已經醫好了，卻還是不着力，走路時有點跛。

大女兒送她一根手杖她不用，拿把雨傘當「士的」。

可能左腿不着力用多了右腿，又到右腿膝蓋痛，上一次街要歇幾回。

這天是外祖母 85 歲生日，兩個女兒在酒家擺了三圍為她祝壽。切完蛋糕唱了生日歌，兩個女兒送上一份生日禮物。包裝的紙箱體積不小，三個乖孫幫着拆花紙。大女婿把東西從箱子裏搬了出來，老太太一見臉色大變，拿起雨傘説要去洗手間。兩個女兒想扶她，她擺一擺身子掙脱了，大聲説：「我沒跛！」

要問那件禮物是什麼？英文叫 Walker，中文叫助行架。

地下室心結

　　胡老師在藝文界的地位無庸置疑，金石書畫都居領導地位。本市後輩開書畫展，能請到他來剪綵是無上光榮。胡老師樂意提攜後進，這樣的場合常見他的身影。一襲長衫或棉袍超塵出俗，一口帶江浙口音的廣東話總能引起笑聲。

　　胡老師的刻章藝術馳名中港台，七十歲以前從三地速遞來的石頭一包又一包，磨磨刻刻從沒停手。後來眼力漸差，只刻大的石頭。八十歲後手力也差了，不再刻章，改接書法訂單。老師的字以篆為主，筆力渾厚，富金石味。

　　每逢有機構籌款，他就捐字一幅。主辦機構把它視為全場最高獎，比來回機票更貴重。

　　胡老師有三個兒子，只有兩個肯結婚。結婚的兒子只有一個肯生仔。胡老師總算抱了一個孫。孫兒一天天長大，可惜完全不識中文，只會講幾句唔鹹唔淡廣東話。

　　出乎意料的孫兒居然結婚了，而且娶的是華裔，雖然一樣不識中文，起碼阿爺阿爺叫得很親熱。

　　爺爺除了答應負責一半酒席，還另外要送一份禮。

　　他買了灑金紙，寫了《關雎》篇：關關雎鳩，在河之洲，窈窕淑女，君子好逑……他請城裏最好的裱畫師傅把字裱了，用最好的鏡框鑲了，送去孫兒新居。

　　他第一次去孫兒新居探訪，見那幅字放在地下室一角落，連包的紙都沒有拆。他想開口問，忍住了。

　　他跟孫兒的聯繫並不緊密，兩年去過他家三次。每次發覺那字仍在地下室老地方，回家就不想吃飯。

　　第三年孫兒離婚了，房子也賣掉。胡老師不敢問：那幅字哪去了？

擔心

外婆的擔心越來越嚴重了。外孫豐豐今年三歲，長得眉清目秀，一個漂亮的男孩。豐豐的記憶力極好，外婆教他背唐詩，教兩次就記得了。教他背乘數表，也是兩三次便會背。外婆常在人前驕傲地誇耀這點。

可是豐豐也有不那麼聰明的地方，外婆問他：「你吃過飯了沒有？」豐豐總是回答說：「你吃過飯了。」

外婆再問：「你洗過手沒有？」豐豐也總是回答：「你洗過手了。」

外婆說：「你要跟我說：我⋯⋯對啦，我洗過手了！」

外婆又說：「你想外婆送你什麼生日禮物？」

豐豐說：「你想外婆送我一架消防車。」

外婆搖搖頭。

那天外婆帶豐豐去湖濱公園散步，一羣加拿大鵝在草地上覓食。外婆記起了一首古詩，吟道：「鵝鵝鵝，曲項向天歌⋯⋯」豐豐忽然大笑起來跟着說：「鵝鵝鵝，曲項向天歌⋯⋯」可是他說個不停，重複了百多次也不止。

外婆心中一凜，一種可怕的小兒疾病襲上她心頭。她

想起豐豐喜歡不停的轉圈，喜歡用頭撞牆，喜歡鑽進空箱子裏不出來。還有他從不正眼看人，外婆看他他總是把視線躲開。

外婆知道這是一種至今無藥可醫的病，大多數患了此症的孩子大了也無法自立，要家人照顧一生。外婆想到這裏，渾身像掉進冰窟裏。

怎樣把這個懷疑告訴女兒和女婿呢？對生為父母的他們該是如何嚴重的打擊！她知道他們對未來有很美好的計劃，一個這樣的孩子會把他們美好的願望打得片片碎！

為了證實她的猜想是否真確，她尋求專家的協助，帶豐豐去見一位兒童心理健康治療師，年輕的女治療師叫Sophia，熱情地接待了他們，跟豐豐玩了好幾種遊戲。豐豐玩得倦了，在沙發上睡去。

Sophia 對外婆說：「你的猜測沒有錯，豐豐是個自閉症的孩子，屬於中度。治療對他有幫助，可是幫助始終有限。」

外婆說：「我目前最大的難題是不知道怎樣把這個壞

消息告知孩子的父母。」

　　Sophia 説：「越早越好，你不説他們遲早也會發覺。」

　　外婆回家後什麼也沒有説，她甚至避免在他們面前出現。她一晚一晚的失眠，人也憔悴了。

　　直到有一天，她收到 Sophia 的電話，説有一對自閉症孩子的父母，想跟她分享一些看法，問她願不願意見見他們？

　　外婆依約定的時間去了 Sophia 辦公室，房門一推開她看到女兒和女婿都在。豐豐獨自一個在角落玩 LEGO。

　　「你們都很愛對方，怕對方接受不了壞消息。其實大家都已經發現了孩子的問題，只是瞞着瞞着。直到他們也把孩子帶來見我，我才決定讓你們面對面，一同去幫助這個孩子。」Sophia 説。

　　「媽，辛苦你了！」女兒走前擁抱着母親，哭個沒完沒了。女婿不知該説什麼好，走去跟豐豐玩。

　　Sophia 塞過去一盒紙巾。

明姐

地：何家飯廳

時：晚飯時間

人：明姐（何家女傭）

　　波比（七歲小男孩）

　　愛媚（十四歲少女）

　　少奶（何家新少奶）

　　幕啟：明姐布置餐桌，放好兩份餐具，捧出熱騰騰的晚餐，有湯，有雞，有魚，有菜，有飯。叫兩個孩子就坐。她幫波比圍上圍巾，舀了半碗湯，盛了大半碗飯，挑走幾根魚骨，把魚肉放在碟子裏，放在波比面前。

　　明姐自己盛好一碟飯菜，坐到開放式廚房的一張小桌子上吃起來，但眼睛看着孩子。

　　波比：明姐我要你陪我們一起吃。

　　明姐：我不是正陪着你們一起吃嗎？

　　波比：不算數，我要你過來跟我們一起坐。

　　明姐：我坐這裏舒服，波比乖，自己吃，不用餵。

　　波比：（發脾氣）我不要你餵，我要你跟我們一同吃飯，

你不來我不吃！（把碗筷推開，哭。）

　　愛媚：波比不要扭計！家姐陪你吃飯。

　　（波比繼續哭，不吃飯。他們的新媽媽回來了。）

　　少奶：波比你哭什麼！男孩子這麼愛哭！

　　波比：我要明姐跟我們一塊吃飯。

　　少奶：誰説的！我們何家吃飯有一定的規矩。其中一樣是吃飯不許鬧，再鬧就不許吃！

　　（波比不敢鬧了，明姐拿餐具給少奶，她説不用了，要外出飲宴。台上燈暗，各人靜止。）

　　愛媚：（聚光燈照着她，面向觀眾説）明姐是聰明人，她知道自己的位置。

Like 的一天

張先生睡前看了一下 Facebook，見相識和不相識的朋友新鋪了很多圖片和文章。張先生知道每個登錄圖文的朋友，都希望閱讀者給他們一個 Like。於是成人之美，可以給的都給他一個。之後他心裏舒坦的睡了。

早上有誰拉他的被，還有歡喜的輕輕吠叫。他知道是愛犬波比，每天都在這時刻叫他起牀，分秒不差。他坐起身拍拍牠的頭，等於給牠一個 Like。

太太今天煎了荷包蛋，四個人的生熟程度有分別。他喜歡煎得老老的，吃在嘴裏蛋皮帶點脆。他心裏給了她一個 Like。

女兒拖他的手進房要他看，發現平日亂七八糟的房間今天特別整齊，地上沒有玩具，毛公仔們都歸了位。他向她豎起大拇指，即是給她一個 Like。

回到公司大廈管理員滿臉帶笑叫他早，順手幫他按了電梯。他說謝謝，心裏給他一個 Like。

剛回到座位上，秘書小姐送上一杯熱咖啡，還未拿起已聞到香。他吞了一口唾沫給她一個微笑，也就是一個

Like。

忙了一天回到家裏，波比幫他啣來拖鞋，他拍拍牠的頭說 Good Boy！

兒子拿默書本子給他看，竟然拿了 100 分，他擁他入懷給他一吻。

他解開手上的餅盒，裏面有剛出爐還熱的蛋撻，買自街口有名的一家，來來來，大家趁熱。他掰開一小塊給轉來轉去的波比，波比發出歡快的聲音。這時候，他知道全家都給了他一個 Like。

村屋

　　父親在新界林村買了一間村屋，業主移民多年，很少回來，所以十分破敗。

　　父親已經找了一班死黨，做了初步整修工作，清除了園子裏的藤蔓和雜草，換走破裂的窗玻璃，髹漆了牆壁，更換了潔具。剩下最後的清潔工作未做。

　　媽媽對阿健說：「這間屋子我們暫時用來做度假屋，遲些我們搬進去，不用再交租。」

　　「我不喜歡搬！」阿健說。

　　「為什麼？」媽媽問。

　　「離學校太遠。」

　　「到時會幫你轉校。」

　　「我不要轉校！」阿健擔心的就是這樣，他不能說他最捨不得離開何慧貞，他們中一班的女班長。

　　「將來再說，」媽說，「這個星期天你到村屋幫手做清潔，將來你有份住，卻一點貢獻也沒有！」

　　「星期天我約了同學溫習功課。」

　　「星期六可以溫，星期一又是假期，溫習可以改期。」

媽媽説，「星期天程叔叔開車送我們進去。」

「人家約好了嘛！」

「約好了也可以改！」媽媽顯得很獨裁，「你兩次默書不及格，罰你進去抹窗門玻璃。」

「討厭！」阿健咕嚕一聲走開了。

星期日那天 爸媽和程叔叔把阿健留在村屋抹玻璃，他們去市鎮買家具和電器用品。留下一個午餐盒給阿健自己吃。

大人們回來時窗子才抹了一小半，他們看到阿健在玩手機。

「喂喂喂你這麼偷懶！」媽媽嚷着説，「瞧，玻璃抹得像花面貓！做什麼都馬馬虎虎，下個星期再進來抹一次！快把東西收拾好，我們回去了！」

阿健收拾東西時拿那些水桶、抹布出氣，乒乒乓乓的聽得父親搖頭。

第二個星期天陪阿健進村屋的是芳阿姨，媽媽的妹妹，一間鄉村小學的校長。

　　芳阿姨在鎮上租了單車跟阿健踩進去，當他們來到一條沒車的直路時，芳阿姨建議來一次比賽，看誰先到達路盡頭的那棵大樹。結果是阿健勝出，芳阿姨請他吃村前士多的雪條。

　　芳阿姨說能把工作當遊戲，做起來又開心效率又高。

　　進了村屋，芳阿姨第一次來，不停稱讚是好地方。還唸陶淵明的詩：「久在樊籠裏，復得返自然。」她說一走進來就覺得空氣新鮮，自由舒暢。她說羨慕他們有這麼理想的住處。

　　她示範了清潔玻璃窗的方法，說窗明几淨是好居所的基本條件。

　　她建議跟阿健又來一次比賽，看兩小時內誰抹的窗玻璃多。

　　起初阿健落後了，後來進度越來越快。芳阿姨中途聽了幾個電話，就被阿健趕過頭了。芳阿姨說收工後到市鎮去鋸扒，作為獎賞。

　　收拾工具時爸媽和程叔叔突然進來了，搬進來兩個書

架，是趁大減價買的。媽媽讚歎窗玻璃抹得乾淨，連上次那些都重新抹了。

「一定是阿芳的手勢，阿健怕整天都在玩手機。」媽說。

「家姐你這次猜錯了！阿健抹得又快又好。」

「真？」媽瞪大眼睛。

「你去看看，能不能分出那些是我抹的，那些是阿健抹的？」

媽仔細看過之後認輸，說真的分不出。

「我跟阿健比賽看誰抹得快？結果他贏了，我答應請他鋸扒。」芳阿姨說。

「好，鋸扒！當然由我請！」爸爸說。

「這傻仔為什麼忽然轉性了？」媽媽自言自語。

飲茶

　　星期六上午，茶樓人山人海。

　　爺爺嫲嫲一早去「霸」了位，兩個乖孫很少肯陪他們飲茶，這次是兒子和媳婦慶祝結婚十五周年，去了東歐旅行，把每周一次的飲茶任務交給了阿俊和阿童。

　　阿俊和阿童遲到了半小時，假日這麼早起牀已很難得。

　　他們一到，兩位老人家笑逐顏開。爺爺想斟茶給兩個乖孫，他們卻對茶樓夥計說要兩杯冰水。

　　嫲嫲問兩人愛吃什麼？答案都是「是但」。於是爺爺點了蝦餃、燒賣、叉燒包。

　　阿俊和阿童開始用手機對話：

　　「真老土！次次都是這幾樣！」

　　「一陣去食披薩。」

　　WhatsApp 傳來一個 like。兩人互相給了一個鬼臉，心照不宣。

　　兩人各吃了一顆蝦餃，一個叉燒包。爺爺開始問他們的考試成績，答案都是「過得去」。爺爺又問有沒有看課外書？答案是功課多，抽不出時間。

爺爺又點了潮州粉果、牛肉球、三菇腸粉⋯⋯

阿俊 WhatsApp 給阿童：「該撤啦！」

阿童：「你講！」

阿俊：「爺爺，陳 Sir 約我們今朝補習，我們要走啦！」

阿嫲：「放假都補習？」

阿童：「就來大考嘛！」

　　兩人說走就走，點心上來時，只剩兩老。爺爺搖搖頭，茶喝多了，要去洗手間。從洗手間出來時，在等候入座的人羣中他看到陳 Sir 一家。他邀請他們一同飲茶。

　　「阿俊、阿童不是去了你家補習嗎？」爺爺問。

　　「星期六是我家庭日，從不開工。」陳 Sir 說。

　　「他們剛走，說要去你處。」阿嫲說。

　　陳 Sir 拿出手機，跟阿爺阿嫲合拍一張，WhatsApp 了出去，寫道：「瞧我跟誰在一起？」

　　手機很快傳來大驚失色的表情。

　　「下午二時來我家補習。」陳 Sir 又補上一條。

　　「求求你！下午約了同學踩單車。」

「那麼罰你們下周六請爺爺嫲嫲飲茶，我也到！」

「冇問題！請替我們對他們說聲對不起。」

手機傳來二人以手加額見禮認錯的樣子。

高手

李正標，十五歲，中四生，高大英挺，能言善道。

自己知道自己不討人厭，很有魅力，尤其在異性面前。

那次學校往長洲旅行，一班同學在船上聊得高興，互相用手機展示 Facebook 上的社交成績。李正標的異性朋友最多，許多都是美女。

說話間他忍不住誇耀自己的「本領」，說從來不曾被人拒絕。這時一個叫肥東的同學，指着坐在前面五排的一個長得標致的女生說：「阿標，你把自己說得這麼厲害，可有本事去問那個穿吊帶背心的美女討個電話？」

「Easy Job！」李正標說，從口袋裏拿出一把梳和一面小鏡子，梳了梳頭，又故意弄亂一些，緊了緊皮帶，清了清喉嚨說：「看我的！」

大家看着他走前坐到那女生旁邊，自顧自的對着手機運作。那女生也做着類似的動作。五分鐘後他拿着手機向女生問詢什麼，女生回答了他，他做出歡喜的樣子。不久他又有問題問女生，女生在自己的手機上做給他看。他點頭點腦的表示明白。後來他態度誠懇地問女生什麼，女生

回問他什麼，然後撥號。大家看到李正標放在背後的手，做出一個 OK 手勢。

李正標這「威水史」流傳甚廣，無聊的同學常挑戰他，結果他贏了不少汽水。這天他們踢波後走在街上，見前面有一個長腿姑娘，背影十分婀娜。

「李正標，輸麥記一個早餐，你去約前面那個一同看戲，戲票我們請。」

李正標二話不說，趕步上前，向那女生誇張地鞠了一躬，一抬頭忽然逃了回來。叫大家快掉頭走。大家正奇怪時，聽到那女生大聲說：「細佬！阿媽叫你今晚早點回家！嫲嫲生日，外出食飯。」

見家長

　　我是小五 D 班班主任，今天要接見家長，講述學生在校表現，商量如何合作，改進學生的品行和成績。

　　見家長時學生也在場，如果老師大講學生的不是，孩子和家長都難免尷尬。

　　我要接見的第一個家長，看上去很年輕，雖然他穿西裝，結領帶，還戴了墨晶眼鏡。

　　我問他是李小寶的什麼人？他說是阿哥。我問小寶的爸媽為什麼不來？他說老師你要知道大人要搵食，打工仔手停口停。我說李小寶經常遲到，家長要留意。他說細佬一晚只睡四小時，要等爸媽做完夜市回來才能睡。我說李小寶有兩科不合格，大考再不合格就要留級。他說要留級也沒辦法，讀到幾時算幾時，大不了夠年齡就到我公司做。這個貌似扮大人的大孩子，原來還有公司。我問他公司有卡片嗎？他從錢包掏出一張給我，原來是幫電視台和電影公司招請臨記的。

　　眼前這位職銜經理的名叫李大寶，是小寶的哥哥不假。

　　我要接見的第二位是張明德的家長，張明德的問題比

李小寶嚴重得多，他曾經偷偷拿了一位女同學的手機去玩，到老師要搜查書包時才說只是想嚇嚇她。中期考試有三科不及格，再不注意恐怕要留級。

張明德的家長是一位婆婆，她說是德仔阿嫲，一來就打手勢說耳朵不好。我跟她說什麼她都說聽不到。最後我把喉嚨喊沙了，只能送她走。

我休息的時候從窗口望出操場，見李大寶在跟那聾耳婆婆說話，後來數了幾張鈔票給她。

「臨記？」我想起了李大寶的公司。

值日生

五年甲班的班主任 Miss 胡進課室跟同學們互道早安後說：「程其球，你今天值日，你去我桌面把作文本子拿來。」

程其球心裏嘀咕：她怎知道今天我當值？

Miss 胡不是每天都知道誰是值日生，更多的情況是：「今天誰是值日生？替我去辦事處拿兩枝 marker 來。」

到下趟又輪到程其球值日，Miss 胡又叫：「程其球，你把粉刷放哪裏了？」

程其球走出去找尋一番，在字紙簍裏尋回粉刷，心裏一個謎：她怎知道今天我當值？

他不想把這個問題問 Miss 胡，只能自己猜想：是不是我刷黑板刷得不乾淨，所以她猜到是我？

程其球有個綽號叫「求其程」，因為他做事總是求求其其，馬馬虎虎。這樣的例子數不勝數，有一次老師發現有一本作文本子不是本班的，名字叫程其鈺。就問程其球是不是交錯了？程其球面紅耳赤的領回本子，程其鈺是他弟弟，也是本校學生。是這位烏龍哥哥求求其其拿錯了。

有一次老師派了一顆黃豆叫大家拿回家種，一個月後

拿回來。程其球的那盆與眾不同，他種出來的是眉豆。因為他那顆黃豆掉了，在自家廚房另外找了一顆。

程其球知道自己的毛病，猜測 Miss 胡是發現黑板擦得不乾淨，就知道他是值日生。

又到程其球當值了，這次他特別用了心。花了足足 20 分鐘才完成。

他心兒卜卜跳，看 Miss 胡知不知道他是值日生？

Miss 胡進來了，她看看黑板（其實是白板），又看看全班。最後她看着程其球説：「程其球，你今天把黑板擦得很乾淨。」

程其球一躍而起，大聲説：「你又知？」

Miss 胡微笑沒回答，她看到從沒有如此乾淨的黑板，也看到坐得挺直，兩眼充滿期待的程其球，作了精準的猜測。

鄰座

這間中學課堂座位的編排是這樣的，兩張課桌一排，一般由班主任分配，矮的坐前，高的坐後，特殊情況另作安排。

這個學期的中三甲班仍由 Mrs 郭做班主任，其中一個安排最引起同學們竊笑。就是把全班最骯髒的徐東源，編到最愛乾淨的李思思旁邊。

許多人見到這樣的分配都掩着嘴笑，除了徐東源，他把自己離得李思思遠遠的，李思思卻若無其事。

說到李思思的清潔是全校知名的，她連續拿了五個學期的清潔獎。學校找學生拍照製成海報，示範標準校服是怎樣的，那示範的女生就是李思思。

說到徐東源的骯髒也很有「口碑」，他的頭髮像一堆亂草，耳朵後面盡是老泥。牙齒黃黃的像多時沒刷過牙，指甲鑲着黑邊。他那對球鞋據說是全校最臭，離他八尺也聞到異味。

這天中文默書時徐東源的原子筆忽然寫不出，他把筆戳在桌上發脾氣。忽然從鄰座丟過來一枝筆，李思思還加

送一個微笑。

　　第二天徐東源忘了戴近視眼鏡，沒法抄黑板上的筆記。索性蹺着手坐在那裏。下課時李思思把自己的筆記本子遞給他：「中午吃飯時你抄一抄。」

　　李思思的筆記簿使他大開眼界，每個字寫得清清楚楚，一處塗改也沒有。他小心的把筆記抄下，沒有弄髒任何一處。

　　隨後是三天學校假期，徐東源回到學校，聽到同學們說：

　　「徐東源你理髮了？好靚仔噢！」

　　「徐東源你的新波鞋夠型噢！」

　　徐東源不作回應，不過他的坐姿正常，不再離鄰座遠遠的了。

神童

　　因為夫婦倆要去內地談兩單生意，順便旅遊，不想帶着孩子，趁他正放暑假，問准了外婆，送阿輝過去住半個月。

　　外婆在新界一村屋獨居，多少有點寂寞，聽説外孫會過來，十分高興，説有現成的牀鋪，不必張羅。他愛住多久都可以。

　　阿輝聽説外婆會帶他去摘果、捉魚，不用補習，不用學這樣學那樣也很高興。

　　媽媽帶了一個手拉篋，裝的是阿輝的換洗衣服、零食和一副平板電腦。

　　媽媽吩咐婆婆要注意事項，包括阿輝對雞蛋和花生敏感，不要給他吃有這兩種成分的東西。

　　媽媽沒忘記用平板電腦給婆婆看兒子的「威水史」，七歲的孩子，繪畫比賽、拼字比賽、故事演講、朗誦比賽都拿過冠軍，在幼稚園畢業禮上演奏過小提琴，在春節敬老宴上表演過拉丁舞……有人為他的多才多藝替他取了一個名字：「神童輝」。婆婆看得很高興，邊看邊説：「小

小腦袋裝這麼東西

不辛苦麼？」

媽媽走後，外婆帶阿

輝到他的房間，原來媽媽的妹妹住過，她正在加拿大進修。

阿輝發現了一副七巧板，是中國古代的一種益智遊戲，他

玩得津津有味，告訴婆婆他差不多把所有的圖都砌出來了。

晚飯後外婆帶他在門前乘涼，阿輝驚奇地發現滿天的

星光，比城市的夜空璀璨多了。外婆講了幾個民間故事，

他聽着聽着就渴睡了。這晚上他睡得很香。

他睡醒時聽到窗外鳥兒叫得高興，外婆正在準備早餐，

叫他自己洗臉刷牙。

阿輝洗漱後出來吃早餐，外婆發現他 T 恤和睡褲上都

是牙膏漬，走去洗手間拿濕毛巾想幫他抹乾淨，見一枝新

牙膏差不多給他擠掉三分一。

「阿輝，平常你是怎樣唧牙膏的？」

「返學趕時間，總是爸爸幫我唧。」

早餐後外婆說要帶阿輝去後園摘荔枝，叫他換衫穿鞋。

阿輝穿鞋穿了老半天，外婆說：「男孩子家不要磨磨蹭蹭的，一對波鞋穿那麼久！」

　　阿輝說：「平日都是姐姐幫我綁鞋帶。」

　　外婆搖頭，她知道「姐姐」是女兒請的家傭。她搬張小凳坐下幫阿輝把鞋帶綁好。

　　摘荔枝要先打開園門，阿輝忽然退後說：「蜘蛛！蜘蛛！」

　　「蜘蛛有什麼可怕的？」外婆一手把那蛛網撥開。摘荔枝時樹上有這樣那樣的蟲子，阿輝不停的大呼小叫。

　　鄰家的阿嬸幫外婆從街市買回來一條鯽魚，葱烤鯽魚是外婆拿手的菜，煮的時候已經很香。

　　阿輝吃魚的時候苦着臉説：「我骾骨了！」

　　幸而那根魚骨很小，外婆叫阿輝吞下一個飯團就把魚骨帶下去了。心驚膽戰的外婆問阿輝：「你不會吃魚？」

　　「平日是媽媽先幫我把魚骨揀掉的。」

　　「神童！」外婆輕輕歎了一聲。

果園

　　祖母獨居新界，一所獨立的村屋連着一個果園。園裏
生長着龍眼、黃皮、荔枝、番石榴等多種果樹，無須太多
照料，自有相當不錯的出產。祖母沒本事摘果，每當果熟

時，就邀請親友來採摘，一年總有幾次。

祖母的腿腳日漸退化，出門的次數越來越少，要買什麼就託鄰居的媳婦阿瑩代勞。據她自己說，怕有三年沒上過街了。

跟祖母的後園在另一邊相連的是一家姓張的，吃過祖母園子裏的果，很是喜愛。曾經對祖母表示過，想買了她家的園子。

「反正你自己不能打理了，轉讓給我們，水果成熟時，任你摘來吃，跟現在沒有什麼不同，卻可以多了一筆錢用。」

「我都這麼老了，要錢來做什麼？」看來她一點興趣也沒有。她記得老頭子生時，整天在園子裏盤桓，這園子是對老伴的紀念。

可是祖母終於有意思把後園賣掉了。她找人估了一個價，跟張先生一談即合。她把賣後園的事在成交後才告訴兒子，兒子說他沒意見，反正無人打理，賣掉並無損失。

祖母把一筆為數頗大的錢轉賬入兒子的戶口，兒子知

道是賣園子的錢，認為老人家在離世前作一些財務安排也不奇怪。

　　不過老人家賣園子的原因阿瑩是知道的。她曾對阿瑩說：「看來阿昌（她兒子）的生意虧本了，孩子的褲子破成那樣還穿！」

　　最近孫仔孫女放暑假來探過祖母，他們穿的褲子是最流行的款式。

理髮店和粥店

　　阿斌初中畢業後進了工業學院，學的是理髮。

　　幫他最多的是阿爸，拿他的頭來實習試過許多次，從來不曾有過怨言，還說為他省下許多理髮錢。

　　畢業後他在橫街一間理髮店租了一張理髮椅，老板叫高佬張。但高佬張身高 4 呎 7 吋，這花名分明是挖苦，但他看來不在乎。

　　來剪髮的人都是高佬張的熟客，寧願等也不找阿斌。阿斌一天做不到五個客，連交租都不夠。

　　這情況阿斌從不對家人說，阿爸問到總說還可以。其實阿爸很清楚，他有時來到街角窺探，總是見到阿斌坐着冷的板凳。

　　阿爸說客要儲，他開的粥店起初也冷清，如今經常擠得滿滿的。

　　似乎阿爸沒說錯，阿斌的客一直緩步增加中。

　　那天來了一個新客，外省人，六十出頭，頭髮不多。

　　理完髮他給錢，一毛錢貼士也不給。最奇怪的是他還要阿斌給收條。

阿斌一下子聽不明。等聽明了卻一樣糊塗，他要這收條做什麼？

外省客人喉嚨大，就像在吵架。結果阿斌說寧可不收錢了，要收條就沒有。

客人說：「你沒有收條怎麼證明我在這裏剪過髮？」

阿斌想，這傢伙恐怕怕老婆，做什麼都要證明。就說：「你有沒有手機？」

客人說有。阿斌說：「你坐上理髮椅拍個照，這不就可以證明了？」

事情就這樣解決了。

他跟下一個客人說：「世事無奇不有！」

過了幾天他忽然想去阿爸店裏吃碗粥，舖前繞路去了粥店。

粥店的生意真紅火，所有桌子擠得滿滿。

阿斌要了一碗皮蛋瘦肉粥，沒有桌子捧在手裏吃。

偶然抬頭見壁間貼着一張紙，上面寫着：

「凡幫襯大強街大發理髮店阿斌理髮，本店奉送白粥加腸粉一份。理髮後一星期有效。」

阿斌一轉頭見一食客面善，啊，他不就是那個外省佬！

姓氏

這天班上來了一個新生，班主任介紹他的名字：苟自強。

老師話聲未了，高國棟噗哧一聲笑了出來。老師橫了他一眼，也沒跟他計較。

一堂課上完，班主任離開，趁下一堂的老師未到，高國棟站起來高聲發表他的高見：「我們班有人姓豬（朱），有人姓羊（楊），有人姓牛，現在又有人姓狗（苟），可以開農場了。」

「高棟棟你瞎説什麼？你站着還是坐着我一直弄不清。」朱文澤説。高國棟個子長得矮，偏姓高，因此得了

個綽號「高棟棟」，是一種挖苦。

「汪汪同學，你是哪來的？」高國棟用狗叫稱呼苟自強。

苟自強未及回答，下一節的老師來了。這老師姓馬。

「農場又多一位！」高國棟唱着說。

從此高國棟對苟自強總是嬉皮笑臉玩一套。苟自強擋他的路，他就說：「好狗唔攔路！」新聞報道警犬破獲藏

毒案，他就說：「你的兄弟又立一功。」

苟自強的脾氣特別好，只有一次笑着說：「你的意見高人一等。」

中秋節那天，高國棟的爺爺回來過節。飯後大家要爺爺講故事，爺爺講了一個家族的故事。他說他父親是衙門捕頭，曾經捉拿不少大賊。退休後怕賊黨尋仇，遠走他鄉，連姓氏都改了。他們本來不姓高……

「我們本來姓什麼？」高國棟三兄弟同聲問。

「姓苟。」爺爺說。

愛情滋味

哥：媽，我喜歡吃芒果布甸，明天還有沒有？

媽：有。

哥：我要兩個。

媽：好。

哥：（哥走上前吻媽一下）多謝媽咪！

弟：你好像很開心。

哥：今天我跟珊珊交換 Lunch box 的食物，她很鍾意我的芒果布甸。

弟：（悄聲）你鍾意珊珊了？

哥：（悄聲）我想我愛上她了！

弟：戀愛是什麼滋味？

哥：就像芒果布甸，甜！

　　（第二天）

弟：哥，你帶了傘怎麼渾身上下都濕了？

哥：我鍾意淋雨！

弟：你傻咗？有事不開心？

哥：她跟別人一同打傘走了。

弟：珊珊？你好像妒忌了。

哥：唉，心裏覺得酸！

媽：開飯啦！你兩個幫手。

弟：好嘢！有咕嚕肉！哥，這味餸好應景！

媽：應什麼景？

哥：你聽他亂説！

弟：你心裏又甜又酸，就像這碟咕嚕肉！

分數

　　曾敏立從小四起的成績就是全級第一。如今他讀小六，開始有點擔心。

　　小六的班主任何 Sir，教他們中文、數學兩科。何 Sir 上課很風趣，連上課必打瞌睡的肥麥也精神爽利，笑得比誰都響亮。何 Sir 上中文課時有說不完的故事，而且跟課文連繫得很緊。他教數學重要的是讓同學明白原理，不是死背公式。他也會教大家一些心算訣竅，增進大家的計算速度。他還鼓勵大家「概算」，就是未解題前先對結果有一個大約的估計。譬如估計答案是若干千，如果算出來只有幾百，那就大有可能做錯了。

　　上何 Sir 的課兩個月之後，曾敏立才知道同班同學何國仁是何 Sir 的兒子。因為不止一次見他們一同排隊乘巴士，兩人的樣貌又很相似，尤其是兩道濃濃的眉。為這事他也曾詢問過其他同學，原來這不是什麼秘密，很多人都知道。

　　曾敏立對何國仁印象不差，他話不多，順得人，也肯幫助同學。但在這學期期考派了中文科試卷之後，他就開始擔心。曾敏立拿到 95 分，他自己已經相當滿意。卻看見

何國仁的分數是 98，比自己多 3 分，全班第一。

「何 Sir 有沒有給他特別貼士？或者給點暗示？或者縮小溫習範圍，讓他節省時間？」曾敏立記起了老人家常說的一句話：「一個人兩條心不為多。」

一股妒忌和感覺不公平的情緒開始控制了他。他發現自己不喜歡何 Sir，覺得他說一套做一套很虛偽。他也不喜歡何國仁了，覺得他根本不應該到這間學校來讀書，事避嫌疑嘛！

派中文卷的第二天，何國仁約他周末一同去公立圖書館聽一個寫作講座，是他們都喜歡的一位作家主講。曾敏立想也沒想就拒絕了：「這天我沒空。」

數學堂何 Sir 派了數學期考卷，曾敏立拿了 100 分，很滿意。偷眼看何國仁只有 75 分，他忽然臉紅，同時記起一句老話：「以小人之心度君子之腹。」

放學時他對何國仁說：「我把時間調一調，周末我們可以一同去聽講座。」

日記本子

這是一條幽靜的街道，鳥語花香，更難得的是家家把園子精雕細琢，雅致非常。我偶然蹓躂在這街上，放慢腳步，細意欣賞。

街旁前後發現兩個書櫃，沒有門，裏面散亂的擺放着不少書籍，有字條寫着：請隨意取閱。

我知道這是有心人的善舉，讓街坊把不再看的書拿出來送給感興趣的人。我真的「隨意」翻閱一番，其中也有感興趣的，可惜部頭太大，不想把幾磅重的東西捧在手上。

但無意中找出一本日記冊，隨手一翻見全是空白。心想帶回去記下一些零碎感想也好。

這天晚上燈下打開日記冊，才見到第一二頁已經寫滿：

我叫 Johnson，中二學生，十三歲，這本日記的主人。班主任 Miss 王送我這本日記，獎勵我幫她管理課室圖書館。她說寫日記有很多好處，可以幫助我們總結一天所做的事，做對了多少？做錯了多少？要怎樣改進？她說寫日記最大的挑戰是恆心，許多人記了一兩個月就記不下去了，浪費

了這本日記簿。她問我有沒有恆心天天寫？我說有！她歡喜地點點頭，說如果我真能做到天天寫，寫完她會送我一本新的。她說她已經寫了 20 本，從 15 歲一直寫到今天。她說有空時她會重溫舊日記，回憶起許多舊事，讓她笑，讓她哭。

我說一定會努力天天寫，像老師這樣一直寫下去。

明天是暑假開始，舅父會帶我們去離島玩。今晚要早點睡。晚安！

Johnson 去了離島之後再沒有寫日記，是他餵了鯊魚還是做了人魚女婿？

童畫

　　一班舊學生約好同來探訪龔老師，龔老師是他們的繪畫老師。

　　龔老師的畫室沒有多大改變，大墨硯、筆洗、大大小小的毛筆仍在桌上，到處都是大大小小有趣的玩意兒。龔老師的樣子也沒有大變，只是他的嘴有點癟，是沒有戴上假牙的緣故。

　　學生們帶了水果和茶葉來，老師請他們吃蛋糕，是剛慶祝完生日吃剩的半個，從雪櫃裏拿出來。大家對老師那對皮拖鞋眼熟，似乎仍是教他們作畫時穿的那對。

　　一個學生看到牆上有一幅童畫，畫一隻眼神凌厲的貓，他記得二十年前就掛在那裏。

　　「陳卜一，好熟的名字。」畫的一角有歪歪斜斜的簽名。

　　「跟那個大畫家同名，最近蘇富比拍賣他一幅畫成交價三千多萬。」一個同學說。

　　「那時他五歲，真有點天分。」老師說。

　　「真是他？這處女作可值錢了！」大家說。

　　「老師如果肯割愛，我出這個價。」學生中一位有相當知名度的收藏家在紙條上寫了一個數目給老師看。

　　老師看了笑着說：「我要這許多錢做什麼？」隨手揉成一團丟進字紙簍。

　　大家笑着談着坐了很久才告辭，兩個女同學留下來做清潔。當老師進洗手間時，一個女同學從字紙簍拿出那紙團打開來，上面寫的是「一百萬」。她們一同伸出了舌頭。

聲音

他擔任一家電台的語文學習節目多年了。「學習」和「語文」都不是輕鬆玩意，由於他選材着重趣味性和實用性，倒也頗受歡迎。

他有一把溫潤的男中音，不疾不徐，聽來親切。經過長達六年的播出，他這把聲音，已經為這個城市的居民熟悉。

他跟家人去飲茶，結賬時部長往往對他說：「李老師，我們所有同事都是你忠實聽眾。你一開口大家就認出是你了。」他看一看賬單，寫着九折免茶。這樣的邊際利益，他卻之不恭，唯有多謝罷了。

他去一家小雜貨店買東西，一開口老闆就認出是他。特別為他站在收銀員旁邊，每樣都有折扣。

有一次他向人問路，一開口對方就說：「李老師，讓我帶你去！原來你真人的聲音跟電台一樣。」

那次他一家去粥麵店吃雲吞麵，付賬時才看到牆上「只收現金」的告示，偏偏全家都沒有足夠的現金在袋。他硬着頭皮去收銀處對事頭婆說帶不夠現金。事頭婆笑着說：

「李老師，我認得你的聲音，方便時來結賬不遲。」

節目做了 1,000 輯之後，他覺得要講的都已講了，宣布結束。不久他收到電台轉來的一封信：

李老師：您好！家母是一失明人士，您的忠實聽眾，多年來一次也沒有錯過您的節目。自您停播後她悶悶不樂，甚至失眠。這個月 15 日是她 80 大壽，我們想送她一份大禮，就是請您來寒舍當面講故事給她聽。不情之請，希望您不見怪。

後面是發信人的姓名、地址和電話。

他如約在她生日那天到了她家。她打扮得整整齊齊的斜臥在躺椅上等他。他跟她握手問好，跟着像做電台節目那樣，講了三則古人過生日的故事。第三則故事快講完時，他發覺她睡着了。她女兒（就是寫信那位）說：「她昨晚睡得極少，現在睡了，晚上有精力去酒樓慶祝。」

臨走她女兒送他一盒參茶，祝他身體健康，中氣十足！

春聯

　　年初五我回村居，還偶爾聽到爆竹聲。路經的一些人家換上新的春聯，一片喜氣。

　　到了村居門前，見也貼着一對紅紙寫的春聯，是替我看屋的張伯幫我貼的。他在電話中說是央村中一位老師寫的，這位老師好文墨，許多同村的人都求他寫。

　　我一看春聯寫的是：

五風十雨俱為瑞

萬紫千紅總是春

　　貼在村居門前適合不過，應景、應節、應心境、應願望。

　　不過很可惜，張伯把上下聯的位置調錯了。上下聯不難分，一般看每句的最後一個字，上聯要仄聲，下聯要平聲。不過如果分不清平仄，像張伯，那就錯誤難免了。

　　我本想把它們揭下重貼，但被漿糊黏得太牢靠，我怕撕破了，只得由它。

　　進屋沏了壺龍井，忽聽門鈴響。開門見是一位陌生斯文人。

「對不起，我姓梁，門前這副春聯是我寫的⋯⋯」

「噢，梁老師，請進來，請進來喝杯茶。」

我雙手奉上一杯龍井。

「梁老師，對不起，張伯把上下聯調錯了，可惜黏得太牢，我揭不開。」

「我正是因此不怕冒昧敲你家門，貼錯上下聯會被有文化的人見笑。遲些我重寫一副拿過來。」

「對不起，多謝了！梁老師過年前一定好忙！」

「一年一次的鄉里服務，樂事也！先父在世時還要幫鄉鄰寫信、寫喜帖、寫壽幛，才忙呢！」

「先父在生時也是這樣，請託的人送了節禮來，酒呀，紅棗呀，桂圓呀，吃不完！」我說，想起小時幫父親拉紙的情形。

「聽張伯說您姓何，何先生，幸會，我住村東第三家，有空過來喝茶。這是我名片。」

「謝謝！噢，梁伯籌先生，中國對聯學會會長，失敬了！」

「今天約了幾位朋友喝酒，要回去了。」

說時門鈴又響，我送梁老師出去。

「阿梁，怎麼你也在？」那按鈴的老人家說。

「錢伯，怎麼你也來？」梁老師向我介紹，「錢鈞濤老師，對聯學會顧問。」

「阿梁，既然你在，對聯沒理由貼反了。」錢老師説。

「是偶然發生的錯，不過我不準備把它矯正了。」我説。

「為什麼？」兩位老師同聲問。

「試想想，如果春聯貼對了，我還有機會認識兩位老師嗎？一副貼錯的春聯會帶給我有學問又熱心的朋友，值得！」

無一襪

　　這間中學的早會常邀請名人來演講，這次的嘉賓是許一強先生，國際知名登山探險家，也是這間學校的舊生。

　　探險家言語風趣，引來笑聲不絕。到同學發問時間，中五有最喜歡發問而擁有「問題學生」芳名的李國濤問：「師兄，你是不是沒有穿襪子？」這立即引起全場笑聲。

　　「是的，本來無一襪，我一對襪子也沒有。」

　　老師們也笑了，師兄借佛家六祖的「本來無一物，何處惹塵埃」來回答問題。

　　師兄隨即講述「無襪」的原因：

　　我結婚前襪子都是媽媽洗的，晾乾後媽媽要把它們配成對。因為襪子的花色很多，媽媽的眼睛不好，要花很長的時間。於是我改買黑色的襪子，全部黑襪，沒有花色，應該很容易配了。後來媽媽去世了，洗襪子、摺襪子的事由我妻子負責。

　　想不到她比我媽更認真，她說雖然同是黑襪，但對對有分別。她說有長有短，有厚有薄，還有不同的暗紋，她一洗十多對甚至二十多對，配起來很花時間，常常配不到，

不知哪去了。我妻子的身體不大好，我不想麻煩她，索性不穿襪子，從此無煩惱。

「問題學生」的問題未完：

「師兄，學校規定每個學生都要穿襪子，如果你是本校學生，你會穿襪子嗎？」

「當然！這是對校規的尊重，沒有人可以例外。不過我會把襪子減為三對至四對，配起來會容易得多。」

同學們給這個答案熱烈鼓掌。

木匠

　　昨日送走了小兒子去英國，張木匠一早起牀，收拾工具，斧、鋸、刨、鑿、錘、銼⋯⋯塗上潤滑油，分別拿布包好。

　　他是做雕花的細木匠，手藝來自祖傳，三代了。就憑這手藝養大了三個孩子，還置了幾畝地。近年工作少了，眼睛又不好，老是流淚，鬧成個紅眼。當三個孩子各有安排時，正是不再戀棧的時候，最遺憾的是祖傳的手藝要在自己手上中斷了。

　　他曾想把手藝傳給大兒，卻發覺他的智力只及常人的一半。細木匠講究心靈手巧，這麼笨的孩子不能寄以期望了。就叫他讀完小學後守住那幾畝田，做個菜農，菜倒是種得很好。他獨自居住在田邊小屋，不時回來幫父親做些勞作。田裏工作閒時，他看着父親工作，歇一段時間才走。

　　第二個孩子是女兒，讀書用功又聰明，考到獎學金去美國了。

　　第三個孩子是數學神童，15 歲便有英國大學錄取，拿到很大一筆獎學金過去了。

張木匠在祖先牌位前裝了一柱香，恭恭敬敬的鞠躬默禱說：

　　「張氏堂前歷代祖先，我張光燦無能，不能把張氏祖傳手藝傳之子孫，發揚光大，深感慚愧，在這裏謝罪了。」

　　「爸，我請你看一樣東西。」大兒忽然出現在門前。

　　那是一個樟木箱，箱面有精細的雕花，刻的是《八仙過海》。

　　「誰雕的？」父親揉揉眼睛。

　　「張標。」大兒清楚地說出自己的名字。

拍賣

「阿哥，你是不是拿咪咪去拍賣？我同學在網上看到。」阿妹氣呼呼的問阿哥。

「有問題？」阿哥裝作不明白的樣子，翻着白眼。

「你捨得？」

「有什麼不捨得？貓一隻。」

「咪咪這麼乖，這麼『黐』我們⋯⋯」阿妹的聲音都變了。

「如果所有小貓都留下，阿寶一年生幾隻，現在家裏有幾十隻貓了。」

「阿寶是第一次生仔，你忍心牠們骨肉分離？」

「牠們很快就互相忘記，不要用人的思維代入貓。」

「你不是貓，你怎知阿寶不傷心？你怎知咪咪不想念我們？」

「多隻貓，貓糧貓砂都是錢，小數怕長計！」

「以後我負責給咪咪要用的錢！」

「有時還要看獸醫，你有好多錢？已經有人出價了，咪咪是我的阿寶生的，我有權話事！」

「你好無情！你好殘忍！我睇錯你！我鄙視你！」

「是但啦！」阿哥一副無所謂的樣子。

第三天，阿哥趁阿妹不在家，用貓籠把咪咪裝走，在約好的一家茶餐廳完成了交易。他把賣貓的錢再加幾千塊換了一部新手機。

晚上他回到家裏以為自己眼花，因為他看到咪咪正在阿妹懷裏。

「現在咪咪是我的，我叫朋友出價買了牠。」阿妹邊說邊親了咪咪一下。

第一套西服

　　大學新聞系畢業後，我在一間報社做記者。

　　報社除日報外逢周六和周日都附送一本雜誌。我負責的工作就是每周寫兩篇專訪。

　　因為有讀者投訴有慈善基金借慈善之名謀私人之利，總編要我寫一系列有關慈善基金的故事。

　　是的，用故事形式寫，着重趣味性，消閒用，不在揭發，不想挑起訴訟，報社沒有這方面的資源。

　　我們找到一份本地慈善基金名錄，看到其中有一個「李美嬋見工西服慈善基金」，不明白是什麼性質的。上網查了一下，資料不多，但知道首次見工需要穿西服的，可申請資助西服一套。我未聽説過這個基金，或許後面有它的故事，便打電話約負責人訪問。

　　我跟攝記小王來到曾大衞辦公室，他就是這個基金的負責人，下面是他説的「故事」。

　　我小時家境清貧，父親做收買佬，沿街收購一些舊物拿到收集的地方換錢。母親在家幫人看管學齡前的孩子。

我家親戚不多，來往比較密切的只有一個姑媽。

姑媽沒有結婚，在一間洋行做打字員。有一段時間我英文科不及格，她曾經幫我補習，及格之後就停止了。

每年春節她都會約我們一家飲茶，叫得滿桌子的點心，總是她負責結賬。我會拿到她一封大利是，是其它利是加起來的總和。

日子一天天過去，情況沒有大變。我讀書很努力，考進了大學，靠獎學金和幫人補習讀到碩士畢業。

父親因為風濕失去工作能力，母親也因心臟病不再幫人帶孩子，他們靠綜援過活。因此我還未畢業已經急急找尋工作。

一間出入口公司收到我的求職信之後約我面見，這是一間大公司，對僱員的質素要求很高，能有機會面見已不容易。我的大學指導老師要我好好把握這次機會，他說面試時要穿着得體，一套西服絕不可少。

說來你不信，我在此之前穿的都是 T 恤、牛仔褲、風褸，冷天也不過是一件羽絨褸。見工要整套恤衫、領帶、

西服、皮鞋，一時還真拿不出這麼多錢來。我的擔心不敢對爸媽說，自尊心阻止我開口向人借。

或許是我運氣好，有一天接到姑媽電話，她說買了部新電腦，問我能不能幫她安裝。

安裝電腦時姑媽問起我近況，我說某公司約我去面見，不過不抱大希望。

她說我的成績好，人家用人唯才。我說也講究形象。她說我長得不差，只差衣裝。

臨走她給我一紅包，說是預早給我的生日利是。

這封利是解決了我所有面試難題，我擁有我生平第一套西服。

我順利考進了這家公司，五年內我的經濟狀況完全改觀。

姑媽退休不久便病故，留下不多不少一筆遺產，受益人是我。

我決定把她的遺產成立一個慈善基金，資助清貧青年求職時置裝。基金名稱是「李美嫦見工西服慈善基金」，

李美嫦就是我姑媽的名字。

　　故事說完他打開辦公室一個直櫃，拿出一套西服給我們看。我的同事小王拍了好幾張，刊登在新一期的雜誌上。

龜兔賽跑前事

在一個美麗的山谷裏，住着幾十戶人家。其中一家是白兔先生、白兔太太和女兒白兔寶寶。他們隔鄰住的是烏龜先生、烏龜太太和兒子烏龜貝貝。

他們是很好的鄰居，時常交換各自種植的農作物。你把蘿蔔送給我，我拿草莓當回禮。他們互相借用耕種的工具，我的鋤頭比較好用，你的犁耙是新買的。他們自動看守對方門戶，一家外出，另一家時常從窗子裏望過去。

白兔寶寶跟烏龜貝貝是好朋友，他們在同一間學校讀書。本來他們是同班同學，現在烏龜貝貝低了一級。這因為烏龜同學做什麼都慢，試卷總是來不及做完，時間到了才完成一半。

烏龜貝貝的體育科更是不及格，除了游泳樣樣「肥」。每次翻筋斗，他翻過去就翻不回，背脊着地，手腳亂揮。

烏龜貝貝是多麼羨慕白兔寶寶呀，那一身潔白的毛多麼美麗！一對會轉動的長耳朵，能夠聽到很遠很遠的聲音，躲避危險。最羨慕的還是白兔兩對有力的腳，跑起來比風還要快。

　　烏龜貝貝留級之後心裏很自卑，覺得自己樣樣比不上人家。有兩次他甚至逃學，躲進樹洞不出來。烏龜先生和烏龜太太很擔心，卻想不到辦法幫助他。

　　學校舉辦了一項活動叫挑戰賽，根據過往成績，選定五個霸主。游泳霸主是青蛙哥哥，飛行霸主是燕子姐姐，攀爬霸主是猴子弟弟，負重霸主是螞蟻妹妹，賽跑霸主是白兔寶寶。誰能贏了霸主就成為新霸主，會得到一個大獎杯。

　　比賽還有一個重要意義，就是替動物環境保護基金籌款。

　　這條村的村口有一條小河，河水清澈。水從山上來，流向大海去。河水可灌田，還出產菱角和蓮藕。夏天孩子們到河裏游泳，冬天可以在河面溜冰。河裏有許多水族，魚呀，蝦呀，蟹呀，龜呀，青蛙呀……快樂地生活着。

　　可是自從河邊開設了幾間小型化工廠，整條小河漸漸變了樣。渾濁，發散着臭味，菱角不再生長。有一天，一個早起的村民經過河邊，發現河面白花花的一片。看清楚，

原來是死魚鋪滿河面。他驚慌地回到村裏報告這消息，全村居民湧來河邊，白兔寶寶和烏龜貝貝也在裏面，大家被這可怕的情景驚呆了。

他們隨即聽到痛苦的叫聲，原來有十幾隻龜爬在岸邊，有的昏迷了，有的在呻吟。烏龜爸爸認得其中兩個是他遠房親戚。

「小龜弟弟！」白兔寶寶驚慌的叫，她認得那十多隻龜裏有他們的朋友。那年暑假的夏令營，營地在河邊，小龜弟弟曾經來探訪，參加遊戲，還表演了一個「龜背陀螺轉」。

白兔寶寶和烏龜貝貝下到河邊，抱起小龜弟弟。

「小龜弟弟！小龜弟弟！」他們呼喊，可是他已不會回答，流下一滴眼淚就不動了。烏龜貝貝手臂一涼，發覺是寶寶流下的眼淚，她的眼睛全紅了……

事情很清楚，水裏的居民集體中毒了。村民也曾向當地政府提出交涉，但兩年來一點改善也沒有。學校校長召集了一次居民大會，決定通過法律途徑解決問題。可是請

律師要花錢，而且是一筆大錢，所以成立了這個動物環境保護基金。這次的籌款活動是第一次。

報名參加比賽的要找到贊助人，贊助金額至少要達到 1,000 貝。「貝」是動物國貨幣單位，1,000 貝可以買到 100 公斤香蕉或 500 公斤蘋果。

各組報名的人都熱烈，游泳組有鴨、鵝、鱷魚⋯⋯飛行組有蜻蜓、蝴蝶、蝙蝠⋯⋯攀爬組有猩猩、松鼠、蝸牛⋯⋯負重組有駱駝、馬、驢⋯⋯奇怪的是賽跑組沒有人報名，學校夠資格的兩位狗狗，獵犬小哥扭傷了腳，臘腸妹妹說她腳短一定輸，不想在大家面前出醜。這使霸主白兔寶寶很失望，她這組將會籌不到起碼的 1,000 貝，賽場的跑道會冷冷清清。於是她去找烏龜貝貝，跑了許多地方，發現他正在橋底一個隱蔽的角落發呆。

「貝貝，終於找到你了。」她坐到他旁邊，從籃子裏拿出一根紅蘿蔔，分了一半給貝貝。

「貝貝，這次你要幫我了！」

「我?」貝貝苦笑,「你找錯人了。」

「沒找錯,只要你答應。」

「如果我做得到,不會不答應。因為你從來沒有拒絕過我。」貝貝用感謝的目光看寶寶。

「我們要為河裏的朋友做點事,也要為全村居民做點事,不能讓更多的小龜弟弟受害!」白兔寶寶抿着嘴説。

「我們能做什麼?我什麼都做不好!」烏龜貝貝説。

「你要跟我賽跑,挑戰我!」

「我?」貝貝苦笑,「你想我出醜?」

「你不要當是比賽,是一次公益活動。」

「從此我又多一個笑柄!」

「沒有人笑你,只會稱讚你的勇氣和公益精神。為了紀念我們的小龜弟弟,我請求你!」白兔妹妹的聲音變了,眼中有淚。

「好,我答應你!」貝貝用力咬了紅蘿蔔一口,「反正我的瘀事一大籮,不差再加多一樣。」

挑戰大賽開始了,戰況刺激緊張,吶喊聲震天響。賽

果是攀爬組猩猩壓倒猴子，負重組駱駝對螞蟻挑戰成功，游泳組的青蛙哥哥、飛行組的燕子姐姐衛冕成功。

最後一場比賽是賽跑組，烏龜貝貝挑戰白兔寶寶。對於比賽結果，大家心裏有數，烏龜獲得的贊助金卻是全場冠軍。白兔爸媽，烏龜爸媽，全校老師包括校長貓頭鷹博士都贊助了烏龜貝貝。

這是一個不冷不熱的大晴天，藍天飄着白雲，時不時白雲擋着太陽，讓氣溫降一降。所有觀眾，加上剛才四場比賽的霸主、挑戰者都來觀賽，他們準備為跑得像風一般快的白兔寶寶鼓掌，為有挑戰精神的烏龜貝貝打氣。

時間到了，白兔寶寶和烏龜貝貝都站在跑道起點。

「我不會故意讓你的，貝貝，你只管努力跑！」寶寶說。

公雞教練鳴槍一響，白兔寶寶一下衝出去十多尺，烏龜貝貝也邁開四腿。賽道中間有四個彎，白兔寶寶走進第三個彎就沒出來。

守在終點的工作人員和觀眾，等呀等呀不見白兔寶寶，

卻見烏龜貝貝氣喘吁吁的爬了過來。貝貝過了終點才 1 秒，
白兔寶寶風一般趕到，可是已經遲了。

烏龜貝貝的爸媽跟貝貝擁抱，跟他擁抱的還有白兔寶寶。

「恭喜你！謝謝你！」寶寶在貝貝的耳邊說。

「你故意讓我？」貝貝噴着看寶寶，「你沒有理由在中途睡覺！」

這時校報的記者來拍照和採訪了，記者問：

「白兔寶寶你是不是有心讓賽？」

「No！我有體育精神，不會造假。」

「那你為什麼中途睡覺？是不是因為驕傲，輕敵了？」

「不！我也不知道為什麼我當時忽然很渴睡，一下子就睡着了。」

貝貝拿到一個大獎杯，寶寶和貝貝都拿到基金會的獎狀，上面寫着「環保先鋒」。照片登在校報和區報上。

經過這次比賽，烏龜貝貝的精神有了很大改變，學習積極了，臉上常帶笑，早上跟白兔寶寶一同上學

時，努力邁動四條短腿，速度比以前快多了。

　　至於白兔寶寶為什麼忽然渴睡，白兔媽媽第二天在準備早餐時，忽然自言自語説：「昨天早上我見寶寶作傷風，給她一粒維他命 C，會不會拿錯了我的催眠藥？」

要你給 Like 的故事

作　　者：阿濃
繪　　畫：Sayatoo
責任編輯：陳友娣、周詩韵
美術設計：何宙樺
出　　版：山邊出版社有限公司
　　　　　香港英皇道 499 號北角工業大廈 18 樓
　　　　　電話：(852) 2138 7998
　　　　　傳真：(852) 2597 4003
　　　　　網址：http://www.sunya.com.hk
　　　　　電郵：marketing@sunya.com.hk
發　　行：香港聯合書刊物流有限公司
　　　　　香港新界大埔汀麗路 36 號中華商務印刷大廈 3 字樓
　　　　　電話：(852) 2150 2100
　　　　　傳真：(852) 2407 3062
　　　　　電郵：info@suplogistics.com.hk
印　　刷：中華商務彩色印刷有限公司
　　　　　香港新界大埔汀麗路 36 號
版　　次：二〇一八年六月初版
　　　　　二〇一八年十月第二次印刷

ISBN: 978-962-923-467-6